Collection folio junior

dirigée par
Jean-Olivier Héron
et Pierre Marchand

Ali Baba et les quarante voleurs est un des contes les plus célèbres des *Mille et Une Nuits,* le recueil de contes le plus riche du patrimoine littéraire oriental. C'est au début du XVIIIe siècle que ces récits furent connus en Occident où, immédiatement, ils bénéficièrent d'une audience exceptionnelle.

Cependant, ils ont été écrits à des époques plus lointaines : certains contes datent du XVe siècle ; d'autres, des XIIe et XIIIe siècles ; d'autres encore sont certainement plus anciens.

Leur origine est très diverse également : l'Inde, la Perse, l'Égypte, les pays du Moyen-Orient ont contribué aux *Mille et Une Nuits.*

Contes populaires, ils sont avant tout écrits pour divertir. Tout s'y mêle : le merveilleux, le fantastique, le comique, la poésie, les descriptions de la vie quotidienne.

Le thème des *Mille et Une Nuits* est connu : le roi Shahzamân, rentrant un jour chez lui par surprise, s'aperçoit qu'il est trompé par sa femme. Il se rend chez le roi Shahriyâr, son frère, pour l'informer de ces faits. Quelle n'est pas sa surprise lorsqu'il découvre que son frère connaît la même infortune !

Shahriyâr, mis au courant, décide de faire exécuter son épouse et sa suite. Et dorénavant, pour ne plus être trompé, il passera chaque nuit en compagnie d'une femme différente, à laquelle il fera couper la tête le matin venu.

Un jour, Shéhérazade, la fille du grand vizir, décide qu'il faut arrêter ces assassinats. Elle passe la nuit avec le roi et lui raconte une histoire merveilleuse, qu'elle prend soin d'interrompre, le matin, au moment le plus passionnant.

Curieux, le roi diffère sa mort, pour connaître la suite... et mille et une nuits s'écoulent ainsi, pour se terminer, bien sûr, par le mariage du roi avec la belle Shéhérazade.

Naïf, mais plein de bon sens, tel est Ali Baba, un personnage qui correspondait parfaitement au trait facétieux de **Roger Blachon**. Vous connaissez déjà Roger Blachon : en dehors du fait qu'on trouve ses dessins dans de nombreux journaux et magazines, il a illustré pour la collection Folio Junior : *Tartarin de Tarascon, Histoire du roi Kaboul Ier et du Marmiton Gauwain, et La Célèbre Grenouille sauteuse.*

Contes des «Mille et Une Nuits»

Ali Baba et les quarante voleurs

*Traduit de l'arabe
par Antoine Galland*

Illustrations de Roger Blachon

Gallimard

Dans une ville de Perse, aux confins des États de Votre Majesté, dit Schéhérazade à Schahriar, il y avait deux frères, dont l'un se nommait Cassim et l'autre Ali Baba. Comme leur père ne leur avait laissé que peu de biens et qu'il les avait partagés également, il semble que leur fortune devait être égale : le hasard néanmoins en disposa autrement.

Cassim épousa une femme qui, peu de temps après leur mariage, devint héritière d'une boutique bien garnie, d'un magasin rempli de bonnes marchandises, et de biens en fonds de terre, qui le mirent tout à coup à son aise, et le rendirent un des marchands les plus riches de la ville.

Ali Baba, au contraire, qui avait épousé une femme aussi pauvre que lui, était logé fort pauvrement, et il n'avait d'autre industrie, pour gagner sa vie et de quoi s'entretenir, lui et ses enfants, que d'aller couper du bois dans une forêt voisine et de

9

venir le vendre à la ville, chargé sur trois ânes qui faisaient toute sa possession.

Ali Baba était, un jour, dans la forêt, et il achevait d'avoir coupé à peu près assez de bois pour faire la charge de ses ânes, lorsqu'il aperçut une grosse poussière qui s'élevait en l'air et qui avançait droit du côté où il était. Il regarde attentivement et il distingue une troupe nombreuse de gens à cheval qui venaient d'un bon train.

Quoiqu'on ne parlât pas de voleurs dans le pays, Ali Baba néanmoins eut la pensée que ces cavaliers pouvaient en être. Sans considérer ce que deviendraient ses ânes, il songea à sauver sa personne. Il monta sur un gros arbre, dont les branches, à peu de hauteur, se séparaient en rond, si près les unes des autres qu'elles n'étaient séparées que par un très petit espace. Il se posta au milieu, avec d'autant plus d'assurance qu'il pouvait voir sans être vu ; et l'arbre s'élevait au pied d'un rocher isolé de tous les côtés, beaucoup plus haut que l'arbre, et escarpé de manière qu'on ne pouvait monter au haut par aucun endroit.

Les cavaliers, grands, puissants, tous bien montés et bien armés, arrivèrent près du rocher, où ils mirent pied à terre ; et Ali Baba, qui en compta quarante, à leur mine et à leur équipement, ne douta pas qu'ils ne fussent des voleurs. Il ne se trompait pas : en effet, c'étaient des voleurs, qui, sans faire aucun tort aux environs, allaient exercer leurs brigandages bien loin et avaient là leur rendez-vous ;

et ce qu'il les vit faire le confirma dans cette opinion.

Chaque cavalier débrida son cheval, l'attacha, lui passa au cou un sac plein d'orge, qu'il avait apporté sur la croupe, et ils se chargèrent chacun de sa valise ; et la plupart des valises parurent si pesantes à Ali Baba, qu'il jugea qu'elles étaient pleines d'or et d'argent monnayés.

Le plus apparent, qu'Ali Baba prit pour le capitaine des voleurs, chargé de sa valise comme les autres, s'approcha du rocher, fort près du gros arbre où il s'était réfugié ; et, après qu'il se fut fait chemin au travers de quelques arbrisseaux, il prononça ces paroles si distinctement : « Sésame, ouvre-toi », qu'Ali Baba les entendit. Dès que le capitaine des voleurs les eut prononcées, une porte s'ouvrit ; et, après qu'il eut fait passer tous ses gens devant lui et qu'ils furent tous entrés, il entra aussi, et la porte se ferma.

Les voleurs demeurèrent longtemps dans le rocher ; et Ali Baba, qui craignait que quelqu'un d'eux ou que tous ensemble ne sortissent s'il quittait son poste pour se sauver, fut contraint de rester sur l'arbre et d'attendre avec patience. Il fut tenté néanmoins de descendre pour se saisir de deux chevaux, en monter un et mener l'autre par la bride, et de gagner la ville en chassant ses trois ânes devant lui ; mais l'incertitude de l'événement fit qu'il prit le parti le plus sûr.

La porte se rouvrit enfin ; les quarante voleurs sortirent ; et, au lieu que le capitaine était entré le dernier, il sortit le premier ; et, après les avoir vus défiler devant lui, Ali Baba entendit qu'il fit refermer la porte, en prononçant ces paroles : « Sésame, referme-toi. » Chacun retourna à son cheval, le rebrida, rattacha sa valise et remonta dessus. Quand ce capitaine enfin vit qu'ils étaient tout prêts à partir, il se mit à la tête et il reprit avec eux le chemin par où ils étaient venus.

Ali Baba ne descendit pas de l'arbre d'abord ; il dit en lui-même : « Ils peuvent avoir oublié quelque chose qui les oblige de revenir, et je me trouverais attrapé si cela arrivait. » Il les conduisit de l'œil jusqu'à ce qu'il les eut perdus de vue, et il ne descendit que longtemps après, pour plus grande sûreté. Comme il avait retenu les paroles par lesquelles le capitaine des voleurs avait fait ouvrir et refermer la porte, il eut la curiosité d'éprouver si, prononcées par lui, elles feraient le même effet. Il passa au travers des arbrisseaux et il aperçut la porte qu'ils cachaient. Il se présenta devant et dit : « Sésame, ouvre-toi » et dans l'instant la porte s'ouvrit toute grande.

Ali Baba s'était attendu à voir un lieu de ténèbres et d'obscurité ; mais il fut surpris d'en voir un bien éclairé, vaste et spacieux, creusé de main d'homme, en voûte fort élevée, qui recevait la lumière du haut du rocher, par une ouverture pratiquée de même. Il vit de grandes provisions de bouche, des ballots de riches marchandises en piles, des étoffes de soie et de brocart, des tapis de grand prix, et surtout de l'or et de l'argent monnayés par tas et dans des sacs ou grandes bourses de cuir les unes sur les autres ; et, à voir toutes ces choses, il lui parut qu'il y avait non pas de longues années, mais des siècles que cette grotte servait de retraite à des voleurs qui avaient succédé les uns aux autres.

Ali Baba ne balança pas sur le parti qu'il devait prendre : il entra dans la grotte, et, dès qu'il y fut entré, la porte se referma ; mais cela ne l'inquiéta pas : il savait le secret de la faire ouvrir. Il ne s'attacha pas à l'argent, mais à l'or monnayé et particulièrement à celui qui était dans les sacs. Il en enleva, à plusieurs fois, autant qu'il pouvait en porter et en quantité suffisante pour faire la charge de ses trois ânes. Il rassembla ses ânes qui étaient dispersés ; et, quand il les eut fait approcher du rocher, il les chargea des sacs ; et pour les cacher, il accommoda du bois par-dessus, de manière qu'on ne pouvait les apercevoir. Quand il eut achevé, il se présenta devant la porte ; et il n'eut pas prononcé ces paroles : « Sésame, referme-toi », qu'elle se referma ; car elle s'était fermée d'elle-même chaque fois qu'il y était entré, et était demeurée ouverte chaque fois qu'il en était sorti.

Cela fait, Ali Baba reprit le chemin de la ville : et, en arrivant chez lui, il fit entrer ses ânes dans une petite cour et referma la porte avec grand soin. Il mit bas le peu de bois qui couvrait les sacs et il

14

porta dans sa maison les sacs, qu'il posa et arrangea devant sa femme, qui était assise sur un sofa.

Sa femme mania les sacs ; et comme elle se fut aperçue qu'ils étaient pleins d'argent, elle soupçonna son mari de les avoir volés ; de sorte que, quand il eut achevé de les apporter tous, elle ne put s'empêcher de lui dire : « Ali Baba, seriez-vous assez malheureux pour... ? » Ali Baba l'interrompit. « Bah ! ma femme, dit-il, ne vous alarmez pas ; je ne suis pas voleur, à moins que ce ne soit l'être que de prendre sur les voleurs. Vous cesserez d'avoir cette mauvaise opinion de moi quand je vous aurai raconté ma bonne fortune. »

Il vida les sacs, qui firent un gros tas d'or dont sa femme fut éblouie ; et, quand il eut fait, il lui fit le récit de son aventure, depuis le commencement jusqu'à la fin ; et, en achevant il lui recommanda sur toutes choses de garder le secret.

La femme, revenue et guérie de son épouvante, se réjouit avec son mari du bonheur qui lui était arrivé, et elle voulut compter, pièce par pièce, tout l'or qui était devant elle.

« Ma femme, lui dit Ali Baba, vous n'êtes pas sage : que prétendez-vous faire ? Quand auriez-vous achevé de compter ? Je vais creuser une fosse et l'enfouir dedans ; nous n'avons pas de temps à perdre.

— Il est bon, reprit la femme, que nous sachions au moins à peu près la quantité qu'il y en a. Je vais chercher une petite mesure dans le voisinage, et je le mesurerai pendant que vous creuserez la fosse.

— Ma femme, reprit Ali Baba, ce que vous voulez faire n'est bon à rien ; vous vous en abstiendriez si vous vouliez me croire. Faites néanmoins ce qu'il vous plaira ; mais souvenez-vous de garder le secret. »

Pour se satisfaire, la femme d'Ali Baba sort, et elle va chez Cassim, son beau-frère, qui ne demeurait pas loin. Cassim n'était pas chez lui, et, à son défaut, elle s'adresse à sa femme, qu'elle prie de lui prêter une mesure pour quelques moments. La belle-sœur lui demanda si elle la voulait grande ou petite, et la femme d'Ali Baba lui en demanda une petite.

« Très volontiers, dit la belle-sœur ; attendez un moment je vais vous l'apporter. »

La belle-sœur va chercher la mesure, elle la trouve : mais, comme elle connaissait la pauvreté d'Ali Baba, curieuse de savoir quelle sorte de grain sa femme voulait mesurer, elle s'avisa d'appliquer adroitement du suif au-dessous de la mesure, et elle en appliqua. Elle revint et, en la présentant à la femme d'Ali Baba, elle s'excusa de l'avoir fait attendre sur ce qu'elle avait eu de la peine à la trouver.

La femme d'Ali Baba revint chez elle ; elle posa la mesure sur le tas d'or, l'emplit et la vida un peu plus loin sur le sofa, jusqu'à ce qu'elle eut achevé, et elle fut contente du bon nombre de mesures qu'elle en trouva, dont elle fit part à son mari, qui venait d'achever de creuser la fosse.

SUIF

Pendant qu'Ali Baba enfouit l'or, sa femme, pour marquer son exactitude et sa diligence à sa belle-sœur, lui reporte sa mesure ; mais sans prendre garde qu'une pièce d'or était attachée au-dessous.

« Belle-sœur, dit-elle en la rendant, vous voyez que je n'ai pas gardé longtemps votre mesure ; je vous en suis bien obligée, je vous la rends. »

La femme d'Ali Baba n'eut pas tourné le dos, que la femme de Cassim regarda la mesure par le dessous ; et elle fut dans un étonnement inexprimable d'y voir une pièce d'or attachée. L'envie s'empara de son cœur dans le moment.

« Quoi ! dit-elle, Ali Baba a de l'or par mesure ! et où le misérable a-t-il pris cet or ? »

Cassim, son mari, n'était pas à la maison, comme nous l'avons dit ; il était à sa boutique, d'où il ne devait revenir que le soir. Tout le temps qu'il se fit attendre fut un siècle pour elle, dans la grande impatience où elle était de lui apprendre une nouvelle dont il ne devait pas être moins surpris qu'elle.

A l'arrivée de Cassim chez lui : « Cassim, lui dit sa femme, vous croyez être riche ; vous vous trompez : Ali Baba l'est infiniment plus que vous, il ne compte pas son or, comme vous : il le mesure. »

Cassim demanda l'explication de cette énigme, et elle lui en donna l'éclaircissement, en lui apprenant de quelle adresse elle s'était servie pour faire cette découverte ; et elle lui montra la pièce de monnaie qu'elle avait trouvée attachée au-dessous de la mesure : pièce si ancienne, que le nom du prince qui y était marqué lui était inconnu.

Loin d'être sensible au bonheur qui pouvait être arrivé à son frère pour se tirer de la misère, Cassim en conçut une jalousie mortelle. Il en passa presque la nuit sans dormir. Le lendemain, il alla chez lui que le soleil n'était pas levé. Il ne le traita pas de frère ; il avait oublié ce nom depuis qu'il avait épousé la riche veuve.

« Ali Baba, dit-il en l'abordant, vous êtes bien réservé dans vos affaires ; vous faites le pauvre, le misérable, le gueux ; et vous mesurez l'or !

— Mon frère, reprit Ali Baba, je ne sais de quoi vous voulez me parler. Expliquez-vous. »

— Ne faites pas l'ignorant », repartit Cassim. Et, en lui montrant la pièce d'or que sa femme lui avait mise entre les mains : « Combien avez-vous de pièces, ajouta-t-il, semblables à celle-ci, que ma femme a trouvée attachée au-dessous de la mesure que la vôtre vint lui emprunter hier ? »

A ce discours, Ali Baba connut que Cassim et la femme de Cassim (par un entêtement de sa propre femme) savaient déjà ce qu'il avait un si grand intérêt de tenir caché ; mais la faute était faite : elle ne pouvait se réparer. Sans donner à son frère la moindre marque d'étonnement ni de chagrin, il lui avoua la chose et il lui raconta par quel hasard il avait découvert la retraite des voleurs et en quel endroit ; et il lui offrit, s'il voulait garder le secret, de lui faire part du trésor.

« Je le prétends bien ainsi, reprit Cassim d'un air fier ; mais, ajouta-t-il, je veux savoir aussi où est précisément ce trésor, les enseignes, les marques, et comment je pourrais y entrer moi-même, s'il m'en prenait envie ; autrement je vais vous dénoncer à la justice. Si vous le refusez, non seulement vous n'aurez plus à en espérer : vous perdrez même ce que vous avez enlevé, au lieu que j'en aurai ma part pour vous avoir dénoncé. »

Ali Baba, plutôt par son bon naturel qu'intimidé par les menaces insolentes d'un frère barbare, l'instruisit pleinement de ce qu'il souhaitait et même des paroles dont il fallait qu'il se servît, tant pour entrer dans la grotte que pour en sortir.

Cassim n'en demanda pas davantage à Ali Baba. Il le quitta, résolu de le prévenir ; et, plein d'espérance de s'emparer du trésor lui seul, il part, le lendemain, de grand matin, avant la pointe du jour, avec dix mulets chargés de grands coffres, qu'il se propose de remplir, en se réservant d'en mener un plus grand nombre dans un second voyage, à proportion des charges qu'il trouverait dans la grotte. Il prend le chemin qu'Ali Baba lui avait enseigné ; il arrive près du rocher et il reconnaît les enseignes et l'arbre sur lequel Ali Baba s'était caché. Il cherche la porte, il la trouve : et, pour la faire ouvrir, il prononce les paroles : « Sésame, ouvre-toi. » La porte s'ouvre, il entre, et aussitôt elle se referme. En examinant la grotte, il est dans une grande admiration de voir beaucoup plus de richesses qu'il ne l'avait compris par le récit d'Ali Baba ; et son admiration augmente à mesure qu'il examine chaque chose en particulier. Avare et amateur des richesses comme il était, il eût passé la journée à se repaître les yeux de la vue de tant d'or, s'il n'eût songé qu'il était venu pour l'enlever et pour en charger ses dix mulets. Il en prend un nombre de sacs, autant qu'il en peut porter ; et, en venant à la porte pour la faire ouvrir, l'esprit rempli de toute autre idée que ce qui lui importait davantage, il se trouve qu'il oublie le mot nécessaire, et, au lieu de : Sésame, il dit : « Orge, ouvre-toi », et il est bien étonné de voir que la porte, loin de s'ouvrir, demeure fermée. Il nomme plusieurs autres noms de grains, autres que celui qu'il fallait, et la porte ne s'ouvre pas.

Cassim ne s'attendait pas à cet événement. Dans le grand danger où il se voit, la frayeur se saisit de sa personne, et plus il fait d'efforts pour se souvenir du mot de Sésame, plus il embrouille sa mémoire ; et bientôt ce mot est pour lui absolument comme si jamais il n'en avait entendu parler. Il jette par terre les sacs dont il était chargé, il se promène à grands pas dans la grotte, tantôt d'un côté, tantôt de l'autre, et toutes les richesses dont il se voit environné ne le touchent plus. Laissons Cassim déplorant son sort ; il ne mérite pas de compassion.

Les voleurs revinrent à leur grotte vers le midi ; et, quand ils furent à peu de distance et qu'ils eurent vu les mulets de Cassim autour du rocher, chargés de coffres, inquiets de cette nouveauté, ils avancèrent à toute bride et firent prendre la fuite aux dix mulets, que Cassim avait négligé d'attacher et qui paissaient librement ; de manière qu'ils se dispersèrent deçà et delà dans la forêt, si loin qu'ils les eurent bientôt perdus de vue.

Les voleurs ne se donnèrent pas la peine de courir après les mulets : il leur importait davantage de trouver celui à qui ils appartenaient. Pendant que quelques-uns tournent autour du rocher pour le chercher, le capitaine, avec les autres, met pied à terre et va droit à la porte, le sabre à la main, prononce les paroles, et la porte s'ouvre.

Cassim, qui entendit le bruit des chevaux du milieu de la grotte, ne douta pas de l'arrivée des voleurs, non plus que de sa perte prochaine. Résolu au moins à faire un effort pour échapper de leurs mains et se sauver, il s'était tenu prêt à se

jeter dehors dès que la porte s'ouvrirait. Il ne la vit pas plus tôt ouverte, après avoir entendu prononcer le mot de Sésame, qui était échappé de sa mémoire, qu'il s'élança en sortant si brusquement, qu'il renversa le capitaine par terre. Mais il n'échappa pas aux autres voleurs, qui avaient aussi le sabre à la main et qui lui ôtèrent la vie sur-le-champ.

Le premier soin des voleurs, après cette exécution, fut d'entrer dans la grotte : il trouvèrent près de la porte les sacs que Cassim avait commencé d'enlever pour les emporter et en charger ses mulets ; et ils les remirent à leur place, sans s'apercevoir de ceux qu'Ali Baba avait emportés auparavant. En tenant conseil et en délibérant ensemble sur cet événement, ils comprirent bien comment Cassim avait pu sortir de la grotte ; mais qu'il y eût pu entrer, c'est ce qu'ils ne pouvaient s'imaginer. Il leur vint en pensée qu'il pouvait être descendu par le haut de la grotte ; mais l'ouverture par où le jour y venait était si élevée, et le haut du rocher était si inaccessible par-dehors, outre que rien ne leur marquait qu'il l'eût fait, qu'ils tombèrent d'accord que cela était hors de leur connaissance. Qu'il fût entré par la porte, c'est ce qu'ils ne pouvaient se persuader, à moins qu'il n'eût eu le secret de la faire ouvrir ; mais ils tenaient pour certain qu'ils étaient les seuls qui l'avaient ; en quoi ils se trompaient, en ignorant qu'ils avaient été épiés par Ali Baba, qui le savait.

De quelque manière que la chose fût arrivée, comme il s'agissait que leurs richesses communes fussent en sûreté, ils convinrent de faire quatre quartiers du cadavre de Cassim et de le mettre près de la porte, en dedans de la grotte, deux d'un côté, deux de l'autre, pour épouvanter quiconque aurait la hardiesse de faire une pareille entreprise ; sauf à ne revenir dans la grotte que dans quelque temps, après que la puanteur du cadavre serait exhalée. Cette résolution prise, ils l'exécutèrent ; et, quand ils n'eurent plus rien qui les arrêtât, ils laissèrent le lieu de leur retraite bien fermé, remontèrent à cheval et allèrent battre la campagne sur les routes fréquentées par les caravanes, pour les attaquer et exercer leurs brigandages accoutumés.

La femme de Cassim cependant fut dans une grande inquiétude quand elle vit qu'il était nuit close et que son mari n'était pas revenu. Elle alla chez Ali Baba, tout alarmée, et elle dit : « Beau-frère, vous n'ignorez pas, comme je le crois, que Cassim, votre frère, est allé à la forêt, et pour quel sujet. Il n'est pas encore revenu, et voilà la nuit avancée ; je crains que quelque malheur ne lui soit arrivé. »

Ali Baba s'était douté de ce voyage de son frère, après le discours qu'il lui avait tenu ; et c'est pour cela qu'il s'était abstenu d'aller à la forêt ce jour-là, afin de ne pas lui donner d'ombrage. Sans lui faire aucun reproche dont elle pût s'offenser, elle ou son mari, s'il eût été vivant, il lui dit qu'elle ne devait pas encore s'alarmer, et que Cassim apparemment avait jugé à propos de ne rentrer dans la ville que bien avant dans la nuit.

La femme de Cassim le crut ainsi, d'autant plus facilement qu'elle considéra combien il était important que son mari fît la chose secrètement. Elle retourna chez elle, et elle attendit patiemment jusqu'à minuit. Mais, après cela, ses alarmes redoublèrent, avec une douleur d'autant plus sensible qu'elle ne pouvait la faire éclater ni la soulager par des cris dont elle vit bien que la cause devait être cachée au voisinage. Alors, si sa faute était irréparable, elle se repentit de la folle curiosité qu'elle avait eue, par une envie condamnable, de pénétrer dans les affaires de son beau-frère et de sa belle-sœur. Elle passa la nuit dans les pleurs ; et, dès la pointe du jour, elle courut chez eux et elle leur annonça le sujet qui l'amenait, plutôt par ses larmes que par ses paroles.

Ali Baba n'attendit pas que sa belle-sœur le priât de se donner la peine d'aller voir ce que Cassim était devenu. Il partit sur-le-champ avec ses trois ânes, après lui avoir recommandé de modérer son affliction, et il alla à la forêt. En approchant du rocher, après n'avoir vu dans le chemin ni son frère, ni les dix mulets, il fut étonné du sang répandu qu'il aperçut près de la porte, et il en prit un mauvais augure. Il se présenta devant la porte, il prononça les paroles ; elle s'ouvrit, et il fut frappé du triste spectacle du corps de son frère,

mis en quatre quartiers. Il n'hésita pas sur le parti qu'il devait prendre pour rendre les derniers devoirs à son frère, en oubliant le peu d'amitié fraternelle qu'il avait eu pour lui. Il trouva dans la grotte de quoi faire deux paquets des quatre quartiers, dont il fit la charge d'un de ses ânes, avec du bois pour les cacher. Il chargea les deux autres ânes de sacs pleins d'or et de bois par-dessus, comme la première fois, sans perdre de temps ; et, dès qu'il eut achevé et qu'il eut commandé à la porte de se refermer, il reprit le chemin de la ville ; mais il eut la précaution de s'arrêter à la sortie de la forêt, assez de temps pour n'y rentrer que de nuit. En arrivant, il ne fit entrer chez lui que les deux ânes chargés d'or ; et, après avoir laissé à sa femme le soin de les décharger et lui avoir fait part, en peu de mots, de ce qui était arrivé à Cassim, il conduisit l'autre âne chez sa belle-sœur.

Ali Baba frappa à la porte, qui lui fut ouverte par Morgiane : cette Morgiane était une esclave adroite, entendue et féconde en inventions pour faire réussir les choses les plus difficiles ; et Ali Baba la connaissait pour telle. Quand il fut entré dans la cour, il déchargea l'âne du bois et des deux paquets ; et, prenant Morgiane à part : « Morgiane, dit-il, la première chose que je te demande, c'est un secret inviolable : tu vas voir combien il nous est nécessaire, autant à ta maîtresse qu'à moi. Voilà le corps de ton maître dans ces deux paquets ; il s'agit de le faire enterrer comme s'il était mort de sa mort naturelle. Fais-moi parler à ta maîtresse, et sois attentive à ce que je lui dirai. »

Morgiane avertit sa maîtresse, et Ali Baba, qui la suivait, entra.

« Eh bien, beau-frère, demanda la belle-sœur à Ali Baba avec une grande impatience, quelle nouvelle apportez-vous de mon mari ? Je n'aperçois rien sur votre visage qui doive me consoler.

— Belle-sœur, répondit Ali Baba, je ne puis vous rien dire qu'auparavant vous ne me promettiez de m'écouter, depuis le commencement jusqu'à la fin, sans ouvrir la bouche. Il ne vous est pas moins important qu'à moi, dans ce qui est arrivé, de garder un grand secret, pour votre bien et pour votre repos.

— Ah ! s'écria la belle-sœur sans élever la voix, ce préambule me fait connaître que mon mari n'est plus ; mais en même temps je connais la nécessité du secret que vous me demandez. Il faut bien que je me fasse violence : dites, je vous écoute. »

Ali Baba raconta à sa belle-sœur tout le succès de son voyage, jusqu'à son arrivée avec le corps de Cassim.

« Belle-sœur, ajouta-t-il, voilà un sujet d'affliction pour vous, d'autant plus grand que vous vous y attendiez moins. Quoique le mal soit sans remède, si quelque chose néanmoins est capable de vous consoler, je vous offre de joindre le peu de bien que Dieu m'a envoyé au vôtre, en vous épousant et en vous assurant que ma femme n'en sera pas jalouse et que vous vivrez bien ensemble. Si la proposition vous agrée, il faut songer à faire en sorte qu'il paraisse que mon frère est mort de sa mort naturelle ; c'est un soin dont il me semble que vous pouvez vous reposer sur Morgiane, et j'y contribuerai, de mon côté, de tout ce qui sera en mon pouvoir. »

Quel meilleur parti pouvait prendre la veuve de Cassim que celui qu'Ali Baba lui proposait, elle qui, avec les biens qui lui demeuraient par la mort de son premier mari, en trouvait un autre plus riche qu'elle et qui, par la découverte du trésor qu'il avait faite, pouvait le devenir davantage ? Elle ne refusa pas le parti ; elle le regarda au contraire, comme un motif raisonnable de consolation. En essuyant ses larmes, qu'elle avait commencé de verser en abondance, en supprimant les cris perçants ordinaires aux femmes qui ont perdu leurs maris, elle témoigna suffisamment à Ali Baba qu'elle acceptait son offre.

Ali Baba laissa la veuve de Cassim dans cette disposition, et, après avoir recommandé à Morgiane de bien s'acquitter de son personnage, il retourna chez lui avec son âne.

Morgiane ne s'oublia pas ; elle sortit en même temps qu'Ali Baba et alla chez un apothicaire qui était dans le voisinage : elle frappe à la boutique, on ouvre ; elle demande d'une sorte de tablette très salutaire dans les maladies les plus dangereuses. L'apothicaire lui en donna pour l'argent qu'elle avait présenté, en demandant qui était malade chez son maître.

« Ah ! dit-elle avec un grand soupir, c'est Cassim lui-même, mon bon maître ! On n'entend rien à sa maladie ; il ne parle, ni ne veut manger. »

Avec ses paroles, elle emporte les tablettes dont véritablement Cassim n'était plus en état de faire usage.

Le lendemain, la même Morgiane vient chez le même apothicaire et demande, les larmes aux yeux, d'une essence dont on avait coutume de ne faire prendre aux malades qu'à la dernière extrémité ; et on n'espérait rien de leur vie, si cette essence ne les faisait revivre.

« Hélas ! dit-elle avec une grande affliction en la recevant des mains de l'apothicaire, je crains fort que ce remède ne fasse pas plus d'effet que les tablettes ! Ah ! que je perds un bon maître ! »

D'un autre côté, comme on vit toute la journée Ali Baba et sa femme, d'un air triste, faire plusieurs allées et venues chez Cassim on ne fut pas étonné, sur le soir, d'entendre des cris lamentables de la femme de Cassim et surtout de Morgiane, qui annonçaient que Cassim était mort.

Le jour suivant, de grand matin, lorsque le jour ne faisait que commencer à paraître, Morgiane, qui savait qu'il y avait sur la place un bon homme de savetier fort vieux, qui ouvrait tous les jours sa boutique le premier, longtemps avant les autres, sort et va le trouver. En l'abordant et en lui donnant le bonjour, elle lui mit une pièce d'or dans la main.

Baba Moustafa, connu de tout le monde sous ce nom, Baba Moustafa, dis-je, qui était naturellement gai et qui avait toujours le mot pour rire, en regardant la pièce d'or, à cause qu'il n'était pas encore bien jour, et en voyant que c'était de l'or : « Bonne étrenne ! dit-il ; de quoi s'agit-il ? Me voilà prêt à bien faire.

— Baba Moustafa, lui dit Morgiane, prenez ce qui vous est nécessaire pour coudre, et venez avec moi promptement ; mais à condition que je vous banderai les yeux quand nous serons dans un tel endroit. »

A ces paroles, Baba Moustafa fit le difficile.

« Oh ! oh ! reprit-il, vous voulez donc me faire faire quelque chose contre ma conscience ou contre mon honneur ? »

En lui mettant une autre pièce d'or dans la main : « Dieu garde, reprit Morgiane, que j'exige rien de vous que vous ne puissiez faire en tout honneur ! Venez seulement, et ne craignez rien. »

Baba Moustafa se laissa mener ; et Morgiane, après lui avoir bandé les yeux avec un mouchoir à l'endroit qu'elle avait marqué, le mena chez son défunt maître, et elle ne lui ôta le mouchoir que dans la chambre où elle avait mis le corps, chaque quartier à sa place. Quand elle le lui eut ôté : « Baba Moustafa, dit-elle, c'est pour vous faire coudre les pièces que voilà, que je vous ai amené. Ne perdez pas de temps ; et, quand vous aurez fait, je vous donnerai une autre pièce d'or. »

Quand Baba Moustafa eut achevé, Morgiane lui rebanda les yeux dans la même chambre ; et, après lui avoir donné la troisième pièce d'or qu'elle lui avait promise et lui avoir recommandé le secret, elle le ramena jusqu'à l'endroit où elle lui avait bandé les yeux en l'amenant ; et là, après lui avoir encore ôté le mouchoir, elle le laissa retourner chez lui, en le conduisant de vue jusqu'à ce qu'elle ne le vit plus, afin de lui ôter la curiosité de revenir sur ses pas pour l'observer elle-même.

Morgiane avait fait chauffer de l'eau pour laver le corps de Cassim : ainsi Ali Baba, qui arriva comme elle venait de rentrer, le lava, le parfuma d'encens et l'ensevelit avec les cérémonies accou-

tumées. Le menuisier apporta aussi la bière, qu'Ali Baba avait pris le soin de commander.

Afin que le menuisier ne pût s'apercevoir de rien, Morgiane reçut la bière à la porte ; et, après l'avoir payé et renvoyé, elle aida Ali Baba à mettre le corps dedans ; et quand Ali Baba eut bien cloué les planches par-dessus, elle alla à la mosquée, avertir que tout était prêt pour l'enterrement. Les gens de la mosquée, destinés pour laver les corps morts, s'offrirent pour venir s'acquitter de leur fonction ; mais elle leur dit que la chose était faite.

Morgiane, de retour, ne faisait que de rentrer, quand l'iman et d'autres ministres de la mosquée arrivèrent. Quatre voisins assemblés chargèrent la bière sur leurs épaules ; et, en suivant l'iman, qui récitait des prières, ils la portèrent au cimetière. Morgiane, en pleurs, comme esclave du défunt, suivit, la tête nue, en poussant des cris pitoyables, en se frappant la poitrine de grands coups et en s'arrachant les cheveux ; et Ali Baba marchait après, accompagné des voisins, qui se détachaient tour à tour, de temps en temps, pour relayer et soulager les autres voisins qui portaient la bière, jusqu'à ce qu'on arriva au cimetière.

Pour ce qui est de la femme de Cassim, elle resta dans sa maison, en se désolant et en poussant des cris lamentables avec les femmes du voisinage, qui, selon la coutume, y accoururent pendant la cérémonie de l'enterrement, et qui, en joignant leurs lamentations aux siennes, remplirent tout le quartier de tristesse bien loin aux environs.

De la sorte, la mort funeste de Cassim fut cachée et dissimulée entre Ali Baba, sa femme, la veuve de Cassim et Morgiane, avec un ménagement si grand, que personne de la ville, loin d'en avoir connaissance, n'en eut le moindre soupçon.

Trois ou quatre jours après l'enterrement de Cassim, Ali Baba transporta le peu de meubles qu'il avait, avec l'argent qu'il avait enlevé du trésor des voleurs, qu'il ne porta que la nuit, dans la maison de la veuve de son frère, pour s'y établir ; ce qui fit connaître son nouveau mariage avec sa belle-sœur. Et comme ces sortes de mariage ne sont pas extraordinaires dans notre religion, personne n'en fut surpris.

Quant à la boutique de Cassim, Ali Baba avait un fils, qui depuis quelque temps avait achevé son apprentissage chez un autre gros marchand, qui avait toujours rendu témoignage de sa bonne conduite ; il la lui donna, avec promesse, s'il continuait de se gouverner sagement, qu'il ne serait pas longtemps à le marier avantageusement, selon son état.

Laissons Ali Baba jouir des commencements de sa bonne fortune, et parlons des quarante voleurs. Il revinrent à leur retraite de la forêt dans le temps dont ils étaient convenus ; mais ils furent dans un grand étonnement de ne pas trouver le corps de

Cassim, et il augmenta quand ils se furent aperçus de la diminution de leurs sacs d'or.

« Nous sommes découverts et perdus, dit le capitaine, si nous n'y prenons garde ; et si nous ne cherchons promptement à apporter le remède, insensiblement nous allons perdre tant de richesses, que nos ancêtres et nous avons amassées avec tant de peine et de fatigues. Tout ce que nous pouvons juger du dommage qu'on nous a fait, c'est que le voleur que nous avons surpris a eu le secret de faire ouvrir la porte et que nous sommes arrivés heureusement, à point nommé, dans le temps qu'il en allait sortir. Mais il n'était pas le seul, un autre doit l'avoir comme lui. Son corps emporté et notre trésor diminué en sont des marques incontestables ; et, comme il n'y a pas d'apparence que plus de deux personnes aient eu ce secret, après avoir fait périr l'un, il faut que nous fassions périr l'autre de même. Qu'en dites-vous, braves gens ? N'êtes-vous pas de même avis que moi ? »

La proposition du capitaine des voleurs fut trouvée si raisonnable par sa compagnie, qu'ils l'approuvèrent tous et qu'ils tombèrent d'accord qu'il fallait abandonner toute autre entreprise, pour ne s'attacher uniquement qu'à celle-ci et ne s'en départir qu'ils n'y eussent réussi.

« Je n'en attendais pas moins de votre courage et de votre bravoure, reprit le capitaine ; mais, avant toutes choses, il faut que quelqu'un de vous, hardi, adroit et entreprenant, aille à la ville, sans armes et en habit de voyageur et d'étranger, et qu'il emploie tout son savoir-faire pour découvrir si on n'y parle pas de la mort étrange de celui que nous avons massacré comme il le méritait, qui il était et en quelle maison il demeurait. C'est ce qu'il nous est important que nous sachions d'abord, pour ne rien faire dont nous ayons lieu de nous repentir, en nous découvrant nous-mêmes dans un pays où nous sommes inconnus depuis si longtemps et où nous avons un si grand intérêt de continuer de l'être. Mais, afin d'animer celui de vous qui s'offrira pour se charger de cette commission et l'empêcher de se tromper, en nous venant faire un rapport faux au lieu d'un véritable, qui serait capable de causer notre ruine, je vous demande si vous ne jugez pas à propos qu'en ce cas-là il se soumette à la peine de mort. »

Sans attendre que les autres donnassent leurs suffrages : « Je m'y soumets, dit l'un des voleurs, et je fais gloire d'exposer ma vie en me chargeant de la commission. Si je n'y réussis pas, vous vous souviendrez au moins que je n'aurai manqué ni de bonne volonté ni de courage pour le bien commun de la troupe. »

Ce voleur, après avoir reçu de grandes louanges du capitaine et de ses camarades, se déguisa de manière que personne ne pouvait le prendre pour ce qu'il était. En se séparant de la troupe, il partit la nuit, et il prit si bien ses mesures qu'il entra dans la ville dans le temps que le jour ne faisait que commencer à paraître. Il avança jusqu'à la place, où il ne vit qu'une seule boutique ouverte, et c'était celle de Baba Moustafa.

Baba Moustafa était assis sur son siège, l'alêne à la main, prêt à travailler de son métier. Le voleur alla l'aborder en lui souhaitant le bonjour ; et, comme il se fut aperçu de son grand âge : « Bonhomme, lui dit-il, vous commencez à travailler de grand matin ; il n'est pas possible que vous y voyiez encore clair, âgé comme vous l'êtes ; et, quand il ferait plus clair, je doute que vous ayez d'assez bons yeux pour coudre.

— Qui que vous soyez, reprit Baba Moustafa, il faut que vous ne me connaissiez pas. Si vieux que vous me voyiez, je ne laisse pas d'avoir les yeux excellents ; et vous n'en douterez pas quand vous saurez qu'il n'y a pas longtemps que j'ai cousu un mort dans un lieu où il ne faisait guère plus clair qu'il ne fait présentement. »

Le voleur eut une grande joie de s'être adressé, en arrivant, à un homme qui d'abord, comme il n'en douta pas, lui donnait de lui-même la nouvelle de ce qui l'avait amené, sans qu'il la lui demandât.

« Un mort ! » reprit-il avec étonnement. Et pour le faire parler : « Pourquoi coudre un mort ? ajouta-t-il. Vous voulez dire apparemment que vous avez cousu le linceul dans lequel il a été enseveli. — Non, non reprit Baba Moustafa : je sais ce que je veux dire. Vous voudriez me faire parler, mais vous n'en saurez pas davantage. »

Le voleur n'avait pas besoin d'un éclaircissement plus ample pour être persuadé qu'il avait découvert ce qu'il était venu chercher. Il tira une pièce d'or ; et, en la mettant dans la main de Baba Moustafa, il lui dit : « Je n'ai garde de vouloir entrer dans votre secret, quoique je puisse vous assurer que je ne le divulguerais pas si vous me l'aviez confié. La seule chose dont je vous prie, c'est de me faire la grâce de m'enseigner ou de venir me montrer la maison où vous avez cousu ce mort. — Quand j'aurais la volonté de vous accorder ce que vous me demandez, reprit Baba Moustafa, en tenant la pièce d'or, prêt à la rendre, je vous assure que je ne pourrais pas le faire ; vous devez m'en croire sur ma parole. En voici la raison : c'est qu'on m'a mené jusqu'à un certain endroit où l'on m'a bandé les yeux, et, de là, je me suis laissé conduire jusque dans la maison, d'où, après avoir fait ce que je devais faire, on me ramena de la même manière jusqu'au même endroit. Vous voyez l'impossibilité qu'il y a que je puisse vous rendre service.

— Au moins, repartit le voleur, vous devez vous souvenir à peu près du chemin qu'on vous a fait faire les yeux bandés. Venez, je vous prie, avec moi ; je vous banderai les yeux en cet endroit-là, et nous marcherons ensemble par le même chemin et par les mêmes détours que vous pourrez vous remettre dans la mémoire ; et, comme toute peine mérite récompense, voici une autre pièce d'or. Venez, faites-moi le plaisir que je vous demande. » Et en disant ces paroles il lui mit une autre pièce dans la main.

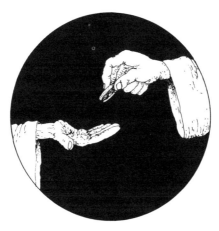

Les deux pièces d'or tentèrent Baba Moustafa ;
il les regarda quelque temps dans sa main sans
dire mot, en se consultant pour savoir ce qu'il
devait faire. Il tira enfin sa bourse de son sein, et,
en les mettant dedans : « Je ne puis vous assurer,
dit-il au voleur, que je me souvienne précisément
du chemin qu'on me fit faire ; mais, puisque vous
le voulez ainsi, allons ; je ferai ce que je pourrai
pour m'en souvenir. »

Baba Moustafa se leva, à la grande satisfaction
du voleur, et, sans fermer sa boutique, où il n'y
avait rien de conséquent à perdre, il mena le voleur
avec lui jusqu'à l'endroit où Morgiane lui avait
bandé les yeux. Quand ils furent arrivés : « C'est
ici, dit Baba Moustafa, qu'on m'a bandé ; et j'étais
tourné comme vous me voyez. Le voleur, qui avait
son mouchoir prêt, lui banda les yeux, et il marcha
à côté de lui, en partie en le conduisant, en partie

en se laissant conduire par lui, jusqu'à ce qu'il s'arrêta.

« Il me semble, dit Baba Moustafa, que je n'ai point passé plus loin. » Et il se trouva véritablement devant la maison de Cassim, où Ali Baba demeurait alors. Avant de lui ôter le mouchoir de devant les yeux, le voleur fit promptement une marque à la porte avec de la craie, qu'il tenait prête ; et, quand il le lui eut ôté, il lui demanda s'il savait à qui appartenait la maison. Baba Moustafa lui répondit qu'il n'était pas du quartier, et ainsi qu'il ne pouvait lui en rien dire.

Comme le voleur vit qu'il ne pouvait apprendre rien davantage de Baba Moustafa, il le remercia de la peine qu'il lui avait fait prendre ; et, après, qu'il l'eut quitté et laissé retourner à la boutique, il reprit le chemin de la forêt, persuadé qu'il serait bien reçu.

Peu de temps après que le voleur et Baba Moustafa se furent séparés, Morgiane sortit de la maison d'Ali Baba pour quelque affaire ; et, en revenant, elle remarqua la marque que le voleur y avait faite ; elle s'arrêta pour faire attention. « Que signifie cette marque ? dit-elle en elle-même ; quelqu'un voudrait-il du mal à mon maître, ou l'a-t-on fait pour se divertir ? A quelque intention qu'on l'ait pu faire, ajouta-t-elle, il est bon de se précautionner contre tout événement. » Elle prend aussitôt la craie ; et, comme les deux ou trois portes au-dessus et au-dessous étaient semblables, elle les marqua au même endroit, et elle rentra dans la maison, sans parler de ce qu'elle venait de faire, ni à son maître ni à sa maîtresse.

Le voleur cependant, qui continuait son chemin, arriva à la forêt et rejoignit sa troupe de bonne heure. En arrivant, il fit rapport du succès de son voyage, en exagérant le bonheur qu'il avait eu d'avoir trouvé d'abord un homme par lequel il avait appris le fait dont il était venu s'informer, ce que personne que lui n'eût pu lui apprendre. Il fut écouté avec une grande satisfaction ; et le capitaine, en prenant la parole après l'avoir loué de sa diligence : « Camarades, dit-il en s'adressant à tous, nous n'avons pas de temps à perdre ; partons bien armés, sans qu'il paraisse que nous le soyons ; et, quand nous serons entrés dans la ville séparément, les uns après les autres, pour ne pas donner de soupçons, que le rendez-vous soit dans la grande place, les uns d'un côté, les autres de l'autre, pendant que j'irai reconnaître la maison avec notre camarade qui vient de nous apporter une si bonne nouvelle, afin que là-dessus je juge du parti qui nous conviendra le mieux. »

Le discours du capitaine des voleurs fut applaudi, et ils furent bientôt en état de partir. Ils défilèrent deux à deux, trois à trois ; et, en marchant à une distance raisonnable les uns des autres, ils entrèrent dans la ville sans donner aucun soupçon. Le capitaine et celui qui était venu le matin y entrèrent les derniers. Celui-ci mena le capitaine dans la rue où il avait marqué la maison d'Ali Baba ; et, quand il fut devant une des portes qui avaient été marquées par Morgiane, il la lui fit remarquer, en lui disant que c'était celle-là. Mais, en continuant leur chemin sans s'arrêter, afin de ne pas se rendre suspects, comme le capitaine eut observé que la porte qui suivait était marquée de la même marque et au même endroit, il le fit remarquer à son conducteur et lui demanda si c'était celle-ci ou la première. Le conducteur demeura confus et il ne sut que répondre, encore moins quand il eut vu avec le capitaine que les quatre ou cinq portes qui suivaient avaient aussi la même marque. Il assura au capitaine, avec serment, qu'il n'en avait marqué qu'une. « Je ne sais, ajouta-t-il, qui peut avoir marqué les autres avec tant de ressemblance ; mais dans cette confusion, j'avoue que je ne peux distinguer laquelle est celle que j'ai marquée. »

Le capitaine, qui vit son dessein avorté, se rendit à la grande place, où il fit dire à ses gens, par le premier qu'il rencontra, qu'ils avaient perdu leur peine et fait un voyage inutile, et qu'ils n'avaient d'autre parti à prendre que de reprendre le chemin de leur retraite commune. Il en donna l'exemple, et ils le suivirent tous, dans le même ordre qu'ils étaient venus.

Quand la troupe se fut rassemblée dans la forêt, le capitaine leur expliqua la raison pourquoi il les avait fait revenir. Aussitôt le conducteur fut déclaré digne de mort tout d'une voix, et il s'y condamna lui-même, en reconnaissant qu'il aurait dû prendre mieux ses précautions ; et il présenta le cou avec fermeté à celui qui se présenta pour lui couper la tête.

Comme il s'agissait, pour la conservation de la bande, de ne pas laisser sans vengeance le tort qui lui avait été fait, un autre voleur, qui se promit de mieux réussir que celui qui venait d'être châtié, se présenta et demanda en grâce d'être préféré. Il est écouté. Il marche : il corrompt Baba Moustafa, comme le premier l'avait corrompu, et Baba Moustafa lui fait connaître la maison d'Ali Baba, les yeux bandés. Il la marque de rouge dans un endroit moins apparent, en comptant que c'était un moyen sûr pour la distinguer d'avec celles qui étaient marquées de blanc.

Mais peu de temps après Morgiane sortit de la maison, comme le jour précédent ; et, quand elle revint, la marque rouge n'échappa pas à ses yeux clairvoyants. Elle fit le même raisonnement qu'elle avait fait, et elle ne manqua pas de faire la même marque de crayon rouge aux autres portes voisines et aux mêmes endroits.

Le voleur, à son retour vers sa troupe dans la forêt, ne manqua pas de faire valoir la précaution qu'il avait prise, comme infaillible, disait-il, pour ne pas confondre la maison d'Ali Baba avec les autres. Le capitaine et ses gens croient avec lui que la chose doit réussir. Ils se rendent à la ville dans

le même ordre et avec les mêmes soins qu'auparavant, armés aussi de même, prêts à faire le coup
qu'ils méditaient ; et le capitaine et le voleur, en
arrivant, vont à la rue d'Ali Baba ; mais ils trou-
vent la même difficulté que la première fois. Le
capitaine en est indigné, et le voleur dans une confusion aussi grande que celui qui l'avait précédé
avec la même commission.

Ainsi, le capitaine fut contraint de se retirer
encore ce jour-là avec ses gens, aussi peu satisfait
que le jour d'auparavant. Le voleur, comme auteur
de la méprise, subit pareillement le châtiment
auquel il s'était soumis volontairement.

Le capitaine, qui vit sa troupe diminuée de deux braves sujets, craignit de la voir diminuer davantage s'il continuait de s'en rapporter à d'autres pour être informé au vrai de la maison d'Ali Baba. Leur exemple lui fit connaître qu'ils n'étaient propres tous qu'à des coups de main, et nullement à agir de tête dans les occasions. Il se chargea de la chose lui-même ; il vint à la ville et avec l'aide de Baba Moustafa, qui lui rendit le même service qu'aux deux députés de sa troupe, il ne s'amusa pas à faire aucune marque pour connaître la maison d'Ali Baba ; mais il l'examina si bien, non seulement en la considérant attentivement, mais même en passant et en repassant à diverses fois par devant, qu'il n'était pas possible qu'il s'y méprît.

Le capitaine des voleurs, satisfait de son voyage et instruit de ce qu'il avait souhaité, retourna à la forêt ; et quand il fut arrivé dans la grotte où sa troupe l'attendait : « Camarades, dit-il, rien enfin ne peut plus nous empêcher de prendre une pleine vengeance du dommage qui nous a été fait. Je connais avec certitude la maison du coupable sur qui elle doit tomber ; et, dans le chemin, j'ai songé aux moyens de la lui faire sentir si adroitement, que personne ne pourra avoir connaissance du lieu de notre retraite non plus que de notre trésor ; car c'est le but que nous devons avoir dans notre entreprise ; autrement, au lieu de nous être utile, elle nous serait funeste. Pour parvenir à ce but, continua le capitaine, voici ce que j'ai imaginé.

Quand je vous l'aurai exposé, si quelqu'un sait un expédient meilleur, il pourra le communiquer. » Alors, il leur expliqua de quelle manière il prétendait s'y comporter ; et comme ils lui eurent tous donné leur approbation, il les chargea, en se partageant dans les bourgs et dans les villages d'alentour et même dans les villes, d'acheter des mulets, jusqu'au nombre de dix-neuf, et trente-huit grands vases de cuir à transporter de l'huile, l'un plein et les autres vides.

En deux ou trois jours de temps, les voleurs eurent fait tout cet amas. Comme les vases vides étaient un peu étroits par la bouche pour l'exécution de son dessein, le capitaine les fit un peu élargir ; et, après avoir fait entrer un de ses gens dans chacun, avec les armes qu'il avait jugées nécessaires, en laissant ouvert ce qu'il avait fait découdre, afin de leur laisser la respiration libre, il les ferma de manière qu'ils paraissaient pleins d'huile ; et, pour les mieux déguiser, il les frotta par le dehors d'huile, qu'il prit du vase qui en était plein.

Les choses ainsi disposées, quand les mulets furent chargés des trente-sept voleurs, sans y comprendre le capitaine, chacun caché dans un des vases, et du vase qui était plein d'huile, leur capitaine, comme conducteur, prit le chemin de la ville, dans le temps qu'il avait résolu, et y arriva à la brune, environ une heure après le coucher du soleil, comme il se l'était proposé. Il y entra et il

alla droit à la maison d'Ali Baba, dans le dessein de frapper à la porte et de demander à y passer la nuit avec ses mulets, sous le bon plaisir du maître. Il n'eut pas la peine de frapper : il trouva Ali Baba à la porte, qui prenait le frais après le souper. Il fit arrêter ses mulets ; et, en s'adressant à Ali Baba : « Seigneur, dit-il, j'amène l'huile que vous voyez, de bien loin, pour la vendre demain au marché, et, à l'heure qu'il est, je ne sais où aller loger. Si cela ne vous incommode pas, faites-moi le plaisir de me recevoir chez vous pour y passer la nuit : je vous en aurai obligation. »

Quoique Ali Baba eût vu dans la forêt celui qui lui parlait, et même entendu sa voix, comment eût-il pu le reconnaître pour le capitaine des quarante voleurs, sous le déguisement d'un marchand d'huile ?

« Vous êtes le bienvenu, lui dit-il, entrez. » Et, en disant ces paroles, il lui fit place pour le laisser entrer avec ses mulets, comme il le fit.

En même temps, Ali Baba appela un esclave qu'il avait et lui commanda, quand les mulets seraient déchargés, de les mettre non seulement à couvert dans l'écurie, mais même de leur donner du foin et de l'orge. Il prit aussi la peine d'entrer dans la cuisine et d'ordonner à Morgiane d'apprêter promptement à souper pour l'hôte qui venait d'arriver et de lui préparer un lit dans une chambre.

Ali Baba fit plus : pour faire à son hôte tout l'accueil possible, quand il vit que le capitaine des voleurs avait déchargé ses mulets, que les mulets avaient été menés dans l'écurie, comme il l'avait commandé, et qu'il cherchait une place pour passer la nuit à l'air, il alla le prendre pour le faire entrer dans la salle où il recevait son monde, en lui disant qu'il ne souffrirait pas qu'il couchât dans la cour. Le capitaine des voleurs s'en excusa fort, sous prétexte de ne vouloir pas être incommode, mais, dans le vrai, pour avoir lieu d'exécuter ce qu'il méditait avec plus de liberté ; et il ne céda aux honnêtetés d'Ali Baba qu'après de fortes instances.

Ali Baba, non content de tenir compagnie à celui qui en voulait à sa vie, jusqu'à ce que Morgiane lui eut servi le souper, continua de l'entretenir de plusieurs choses qu'il crut pouvoir lui faire plaisir ; et il ne le quitta que quand il eut achevé le repas dont il l'avait régalé.

« Je vous laisse le maître, lui dit-il : vous n'avez qu'à demander toutes les choses dont vous pouvez avoir besoin ; il n'y a rien chez moi qui ne soit à votre service. »

Le capitaine des voleurs se leva en même temps qu'Ali Baba et l'accompagna jusqu'à la porte ; et, pendant qu'Ali Baba allait dans la cuisine pour parler à Morgiane, il entra dans la cour sous prétexte d'aller à l'écurie voir si rien ne manquait à ses mulets.

Ali Baba, après avoir recommandé de nouveau à Morgiane de prendre un grand soin de son hôte et de ne le laisser manquer de rien : « Morgiane, ajouta-t-il, je t'avertis que demain je vais au bain avant le jour ; prends soin que mon linge de bain soit prêt et de le donner à Abdalla (c'était le nom de son esclave), et fais-moi un bon bouillon, pour que je le prenne à mon retour. » Après lui avoir donné ces ordres, il se retira pour se coucher.

Le capitaine des voleurs, cependant, à la sortie de l'écurie, alla donner à ses gens l'ordre de ce qu'ils devaient faire. En commençant depuis le premier vase jusqu'au dernier, il dit à chacun :

« Quand je jetterai de petites pierres de la chambre où l'on me loge, ne manquez pas de vous faire ouverture, en fendant le vase, depuis le haut jusqu'en bas, avec le couteau dont vous êtes muni, et d'en sortir : aussitôt je serai à vous. »

Le couteau dont il parlait était pointu et affilé pour cet usage.

Cela fait, il revint ; et, comme il se fut présenté à la porte de la cuisine, Morgiane prit de la lumière et elle le conduisit à la chambre qu'elle lui avait préparée, où elle le laissa, après lui avoir demandé s'il avait besoin de quelque autre chose. Pour ne pas donner de soupçon, il éteignit la lumière peu de temps après et il se coucha tout habillé, prêt à se lever dès qu'il aurait fait son premier somme.

Morgiane n'oublia pas les ordres d'Ali Baba : elle prépare son linge de bain, elle en charge Abdalla, qui n'était pas encore allé se coucher, elle met le pot-au-feu pour le bouillon ; et, pendant qu'elle écume le pot, la lampe s'éteint. Il n'y avait plus d'huile dans la maison, et la chandelle y manquait aussi. Que faire ? Elle a besoin cependant de voir clair pour écumer son pot ; elle en témoigne sa peine à Abdalla.

« Te voilà bien embarrassée, lui dit Abdalla. Va prendre de l'huile dans un des vases que voilà dans la cour. »

Morgiane remercia Abdalla de l'avis ; et, pendant qu'il va se coucher près de la chambre d'Ali

Baba, pour le suivre au bain, elle prend la cruche à l'huile et elle va dans la cour. Comme elle se fut rapprochée du premier vase qu'elle rencontra, le voleur qui était caché dedans demanda, en parlant bas : « Est-il temps ? »

Quoique le voleur eût parlé bas, Morgiane néanmoins fut frappée de la voix d'autant plus facilement que le capitaine des voleurs, dès qu'il eut déchargé ses mulets, avait ouvert non seulement ce vase, mais même tous les autres, pour donner de l'air à ses gens, qui d'ailleurs y étaient fort mal à leur aise, sans y être cependant privés de la facilité de respirer.

Toute autre esclave que Morgiane, aussi surprise qu'elle le fut en trouvant un homme dans un vase, au lieu d'y trouver de l'huile qu'elle cherchait, eût fait un vacarme capable de causer de grands malheurs. Mais Morgiane était au-dessus de ses semblables : elle comprit en un instant l'importance de garder ce secret, le danger pressant où se trouvait Ali Baba et sa famille, et où elle se trouvait elle-même, et la nécessité d'y apporter promptement le remède, sans faire d'éclat ; et, par sa perspicacité, elle en pénétra d'abord les moyens. Elle rentra donc en elle-même dans le moment ; et, sans faire paraître aucune émotion, en prenant la place du capitaine des voleurs, elle répondit à la demande et elle dit : « Pas encore, mais bientôt. » Elle s'approcha du vase qui suivait, et la même demande lui fut faite ; et ainsi de suite, jusqu'à ce qu'elle arriva au dernier, qui était plein d'huile ; et, à la même demande, elle donna la même réponse.

Morgiane connut par là que son maître Ali Baba, qui avait cru ne donner à loger chez lui qu'à un marchand d'huile, y avait donné entrée à trente-huit voleurs en y comprenant le faux marchand, leur capitaine. Elle remplit en diligence sa cruche d'huile, qu'elle prit du dernier vase ; elle revint dans sa cuisine, où, après avoir mis de l'huile dans la lampe et l'avoir rallumée, elle prend une grande chaudière, elle retourne à la cour, où elle l'emplit de l'huile du vase. Elle la rapporte, la met sur le feu et met dessous force bois, parce que, plus tôt l'huile bouillira, plus tôt elle aura exécuté ce qui doit contribuer au salut commun de la maison, qui ne demande pas de retardement. L'huile bout enfin ; elle prend la chaudière, et elle va verser dans chaque vase assez d'huile toute bouillante, depuis le premier jusqu'au dernier, pour étouffer les voleurs et leur ôter la vie, comme elle la leur ôta.

Cette action, digne du courage de Morgiane, exécutée sans bruit, comme elle l'avait projeté, elle revient dans la cuisine, avec la chaudière vide, et ferme la porte. Elle éteint le grand feu qu'elle avait allumé et elle n'en laisse qu'autant qu'il en faut pour achever de faire cuire le pot du bouillon d'Ali Baba. Ensuite elle souffle la lampe et elle demeure dans un grand silence, résolue à ne pas se coucher qu'elle n'eût observé ce qui arriverait, par une fenêtre de la cuisine, qui donnait sur la cour, autant que l'obscurité de la nuit pouvait le permettre.

Il n'y avait pas encore un quart d'heure que Morgiane attendait, quand le capitaine des voleurs s'éveilla. Il se lève ; il regarde par la fenêtre qu'il ouvre ; et, comme il n'aperçoit aucune lumière et qu'il voit régner un grand repos et un grand silence dans la maison, il donne le signal en jetant de petites pierres, dont plusieurs tombèrent sur les vases, comme il n'en douta point par le son qui lui en vint aux oreilles. Il écoute, et n'entend ni n'aperçoit rien qui lui fasse connaître que ses gens se mettent en mouvement. Il en est inquiet : il jette de petites pierres une seconde et une troisième fois. Elles tombent sur les vases, et cependant pas un des voleurs ne donne le moindre signe de vie, et il n'en peut comprendre la raison. Il descend dans la cour tout alarmé, avec le moins de bruit qu'il lui est possible ; il approche de même du premier vase et, quand il veut demander au voleur, qu'il croit vivant, s'il dort, il sent une odeur d'huile chaude et de brûlé qui s'exhale du vase, par où il connaît que son entreprise contre Ali Baba, pour lui ôter la vie et pour piller sa maison et pour emporter, s'il pouvait, l'or qu'il avait enlevé à sa communauté, était échouée. Il passe au vase qui suivait et à tous les autres les uns après les autres, et il trouve que ses gens avaient péri par le même sort ; et, par la diminution de l'huile dans le vase qu'il avait apporté plein, il connut la manière dont on s'y était pris

pour le priver du secours qu'il en attendait. Au désespoir d'avoir manqué son coup, il enfila la porte du jardin d'Ali Baba, qui donnait dans la cour, et, de jardin en jardin, en passant par-dessus les murs, il se sauva.

Quand Morgiane n'entendit plus de bruit et qu'elle ne vit pas revenir le capitaine des voleurs, après avoir attendu quelque temps, elle ne douta pas du parti qu'il avait pris, plutôt que de chercher à se sauver par la porte de la maison, qui était fermée à double tour. Satisfaite et dans une grande joie d'avoir si bien réussi à mettre toute la maison en sûreté, elle se coucha enfin et elle s'endormit.

Ali Baba cependant sortit avant le jour et alla au bain, suivi de son esclave, sans rien savoir de l'événement étonnant qui était arrivé chez lui pendant qu'il dormait, au sujet duquel Morgiane n'avait pas jugé à propos de l'éveiller, avec d'autant plus de raison qu'elle n'avait pas de temps à perdre dans le temps du danger et qu'il était inutile de troubler son repos, après qu'elle l'eut détourné.

Lorsqu'il revint des bains et qu'il rentra chez lui, le soleil était levé, Ali Baba fut si surpris de voir encore les vases d'huile dans leur place et que le marchand ne se fût pas rendu au marché avec ses mulets, qu'il en demanda la raison à Morgiane, qui lui était venue ouvrir et qui avait laissé toutes choses dans l'état où il les voyait, pour lui en donner le spectacle et lui expliquer plus sensiblement ce qu'elle avait fait pour sa conservation.

« Mon bon maître, dit Morgiane en répondant à Ali Baba, Dieu vous conserve, vous et toute votre maison ! Vous apprendrez mieux ce que vous désirez savoir, quand vous aurez vu ce que j'ai à vous faire voir : prenez la peine de venir avec moi. »

Ali Baba suivit Morgiane. Quand elle eut fermé la porte, elle le mena au premier vase : « Regardez dans le vase, lui dit-elle, et voyez s'il y a de l'huile. »

Ali Baba regarda ; et, comme il eut vu un homme dans le vase, il se retira en arrière, tout effrayé, avec un grand cri.

« Ne craignez rien, lui dit Morgiane, l'homme

que vous voyez ne vous fera pas de mal ; il en a fait, mais il n'est plus en état d'en faire, ni à vous, ni à personne ; il n'a plus de vie.

— Morgiane, s'écria Ali Baba, que veut dire ce que tu viens de me faire voir ? Explique-le-moi.

— Je vous l'expliquerai, dit Morgiane ; mais modérez votre étonnement et n'éveillez pas la curiosité des voisins d'avoir connaissance d'une chose qu'il est très important que vous teniez cachée. Voyez auparavant tous les autres vases. »

Ali Baba regarda dans les autres vases les uns après les autres, depuis le premier jusqu'au dernier, où il y avait de l'huile, dont il remarqua que l'huile était notablement diminuée ; et, quand il eut fait, il demeura comme immobile, tantôt en jetant les yeux sur les vases, tantôt en regardant Morgiane, sans dire mot, tant la surprise où il était était grande. A la fin, comme si la parole lui fût revenue : « Et le marchand, demanda-t-il, qu'est-il devenu ?

— Le marchand, répondit Morgiane, est aussi peu marchand que je suis marchande. Je vous dirai qui il est et ce qu'il est devenu. Mais vous apprendrez toute l'histoire plus commodément dans votre chambre ; car il est temps, pour le bien de votre santé, que vous preniez un bouillon après être sorti du bain. »

Pendant qu'Ali Baba se rendit dans sa chambre, Morgiane alla à la cuisine prendre le bouillon ; elle le lui apporta ; et, avant de le prendre, Ali Baba lui dit : « Commence toujours à satisfaire l'impatience où je suis, et raconte-moi une histoire si étrange, avec toutes ses circonstances. »

Morgiane, pour obéir à Ali Baba, lui dit : « Seigneur, hier au soir, quand vous vous fûtes retiré pour vous coucher, je préparai votre linge de bain, comme vous veniez de me le commander, et j'en chargeai Abdalla. Ensuite je mis le pot-au-feu pour le bouillon ; et, comme je l'écumais, la lampe, faute d'huile, s'éteignit tout à coup, et il n'y en avait pas une goutte dans la cruche. Je cherchai quelques bouts de chandelles, et je n'en trouvai pas un. Abdalla, qui me vit embarrassée, me fit souvenir des vases pleins d'huile qui étaient dans la cour, comme il n'en doutait pas, non plus que moi, et comme vous l'avez cru vous-même. Je pris la cruche et je courus au vase le plus voisin. Mais, comme je fus près du vase, il en sortit une voix qui me demanda : « Est-il temps ? » Je ne m'effrayai pas ; mais en comprenant sur-le-champ la malice du faux marchand, je répondis sans hésiter : « Pas encore, mais bientôt. » Je passai au vase qui suivait ; et une autre voix me fit la même demande, à laquelle je répondis de même. J'allai aux autres vases les uns après les autres : à pareille demande, pareille réponse, et je ne trouvai que dans le dernier vase de l'huile dont j'emplis la cruche. Quand j'eus considéré qu'il y avait trente-sept voleurs au milieu de votre cour, qui n'attendaient que le signal ou que le commandement de leur chef, que vous aviez pris pour un marchand, et à qui vous aviez fait un si grand accueil, au point de mettre toute la maison en combustion, je ne perdis pas de temps : je rapportai la cruche, j'allumai la lampe ; et, après avoir pris la chaudière la plus grande de la cuisine, j'allai l'emplir d'huile. Je la mis sur le feu ; et, quand elle fut bien bouillante, j'en allai verser dans chaque vase où étaient les voleurs, autant qu'il en fallut pour les empêcher tous d'exécuter le pernicieux dessein qui les avait amenés. La chose ainsi terminée de la manière que je l'avais méditée, je revins dans la cuisine, j'éteignis la lampe ; et, avant que je me couchasse, je me mis à examiner tranquillement, par la fenêtre, quel parti prendrait le faux marchand d'huile. Au bout de quelque temps, j'entendis que, pour signal, il jeta, de sa fenêtre, de petites pierres qui tombèrent sur les vases. Il en jeta une seconde et une troisième fois ; et, comme il n'aperçut ou n'entendit aucun mouvement, il descendit, et je le vis aller de vase en vase jusqu'au dernier ; après quoi l'obscurité de la nuit fit que je le perdis de vue. J'observai encore quelque temps ; et, comme je vis qu'il ne revenait pas, je ne doutai pas qu'il ne se fût sauvé par le jardin, désespéré d'avoir si mal réussi. Ainsi, persuadée que la maison était en sûreté, je me couchai. »

En achevant, Morgiane ajouta : « Voilà quelle est l'histoire que vous m'avez demandée, et je suis convaincue que c'est la suite d'une observation que j'avais faite depuis deux ou trois jours, dont je n'avais pas cru devoir vous entretenir, qui est

qu'une fois, en revenant de la ville, de bon matin, j'aperçus que la porte de la rue était marquée de blanc, et, le jour d'après, de rouge, après la marque blanche ; et que, chaque fois, sans savoir à quel dessein cela pouvait avoir été fait, j'avais marqué de même, et au même endroit, deux ou trois portes de nos voisins, au-dessus et au-dessous. Si vous joignez cela avec ce qui vient d'arriver, vous trouverez que le tout a été machiné par les voleurs de la forêt, dont, je ne sais pourquoi, la troupe est diminuée de deux. Quoi qu'il en soit, la voilà réduite à trois au plus. Cela fait voir qu'ils avaient juré votre perte et qu'il est bon que vous vous teniez sur vos gardes, tant qu'il sera certain qu'il en restera quelqu'un au monde. Quant à moi, je n'oublierai rien pour veiller à votre conservation, comme j'y suis obligée. »

Quand Morgiane eut achevé, Ali Baba, pénétré de la grande obligation qu'il lui avait, lui dit : « Je ne mourrai pas que je ne t'aie récompensée comme tu le mérites. Je te dois la vie ; et, pour commencer à t'en donner une marque de reconnaissance, je te donne la liberté dès à présent, en attendant que j'y mette le comble de la manière que je me le propose. Je suis persuadé avec toi que les quarante voleurs m'ont dressé ces embûches. Dieu m'a délivré par ton moyen. J'espère qu'il continuera de me préserver de leur méchanceté et qu'en achevant de la détourner de dessus ma tête, il délivrera le monde de leur persécution et de leur engeance maudite. Ce que nous avons à faire, c'est d'enterrer incessamment les corps de cette peste du genre humain, avec un si grand secret, que personne ne puisse rien soupçonner de leur destinée ; et c'est à quoi je vais travailler avec Abdalla. »

Le jardin d'Ali Baba était d'une grande longueur, terminé par de grands arbres. Sans différer, il alla sous ces arbres avec son esclave creuser une fosse, longue et large à proportion des corps qu'ils avaient à y enterrer. Le terrain était aisé à remuer, et ils ne mirent pas un long temps à l'achever. Ils tirèrent les corps hors des vases et ils mirent à part les armes dont les voleurs s'étaient munis. Ils transportèrent ces corps au bout du jardin et ils les arrangèrent dans la fosse : et, après les avoir couverts de la terre qu'ils en avaient tirée, ils dispersèrent ce qui en restait aux environs, de manière que le terrain parût égal comme auparavant. Ali Baba fit cacher soigneusement les vases à l'huile et les armes ; et, quant aux mulets, dont il n'avait pas besoin pour lors, il les envoya au marché à différentes fois, où il les fit vendre par son esclave.

Pendant qu'Ali Baba prenait toutes ces mesures pour ôter à la connaissance du public par quel moyen il était devenu riche en peu de temps, le capitaine des quarante voleurs était retourné à la forêt, avec une mortification inconcevable ; et, dans l'agitation, ou plutôt dans la confusion où il était d'un succès si malheureux et si contraire à ce qu'il s'était promis, il était rentré dans la grotte, sans avoir pu s'arrêter à aucune résolution, dans le chemin, sur ce qu'il devait faire ou ne pas faire à Ali Baba.

La solitude où il se trouva dans cette sombre demeure lui parut affreuse. « Braves gens, s'écria-t-il, compagnons de mes veilles, de mes courses et de mes travaux, où êtes-vous ? que puis-je faire sans vous ? Vous avais-je assemblés et choisis pour vous voir périr tous à la fois par une destinée si fatale et si indigne de votre courage ? Je vous regretterais moins si vous étiez morts le sabre à la main, en vaillants hommes. Quand aurai-je fait une autre troupe de gens de main comme

vous ? Et, quand je le voudrais, pourrais-je l'entreprendre et ne pas exposer tant d'or, tant d'argent, tant de richesses à la proie de celui qui s'est déjà enrichi d'une partie ? Je ne puis et je ne dois y songer, qu'auparavant je ne lui aie ôté la vie. Ce que je n'ai pu faire avec un secours si puissant, je le ferai moi seul ; et, quand j'aurai pourvu de la sorte à ce que ce trésor ne soit plus exposé au pillage, je travaillerai à faire en sorte qu'il ne demeure ni sans successeurs ni sans maître après moi, qu'il se conserve et qu'il s'augmente dans toute la postérité. »

Cette résolution prise, il ne fut pas embarrassé à chercher les moyens de l'exécuter ; et alors, plein d'espérance et l'esprit tranquille, il s'endormit et passa la nuit assez paisiblement.

Le lendemain, le capitaine des voleurs, éveillé de grand matin, comme il se l'était proposé, prit un habit fort propre, conformément au dessein qu'il avait médité, et il vint à la ville, où il prit un logement dans un khan ; et, comme il s'attendait que ce qui s'était passé chez Ali Baba pouvait avoir fait de l'éclat, il demanda au concierge, par manière d'entretien, s'il y avait quelque chose de nouveau dans la ville ; sur quoi le concierge parla de toute autre chose que de ce qui lui importait de savoir. Il jugea de là que la raison pourquoi Ali Baba gardait un si grand secret venait de ce qu'il ne voulait pas que la connaissance qu'il avait du trésor et du moyen d'y entrer fût divulguée, et de ce qu'il n'ignorait pas que c'était pour ce sujet qu'on en voulait à sa vie. Cela l'anima davantage à ne rien négliger pour se défaire de lui par la même voie du secret.

Le capitaine des voleurs se pourvut d'un cheval, dont il se servit pour transporter à son logement plusieurs sortes de riches étoffes et de toiles fines, en faisant plusieurs voyages à la forêt, avec les précautions nécessaires pour cacher le lieu où il les allait prendre. Pour débiter ces marchandises, quand il en eut amassé ce qu'il avait jugé à propos, il chercha une boutique. Il en trouva une ; et, après l'avoir prise à louage du propriétaire, il la garnit et il s'y établit. La boutique qui se trouva vis-à-vis de la sienne était celle qui avait appartenu à Cassim et qui était occupée par le fils d'Ali Baba, depuis peu de temps.

Le capitaine des voleurs, qui avait pris le nom de Cogia Houssain, comme nouveau venu, ne manqua pas de faire civilité aux marchands ses voisins, selon la coutume. Mais, comme le fils d'Ali Baba était jeune, bien fait, qu'il ne manquait pas d'esprit et qu'il avait occasion plus souvent de lui parler et de s'entretenir avec lui qu'avec les autres, il eut bientôt fait amitié avec lui. Il s'attacha même à le cultiver plus fortement et plus assidûment, quand, trois ou quatre jours après son établissement, il eut reconnu Ali Baba, qui vint voir son fils, qui s'arrêta à s'entretenir avec lui, comme il avait coutume de le faire de temps en temps, et qu'il eut appris du fils, après qu'Ali Baba l'eut

quitté, que c'était son père. Il augmenta ses empressements auprès de lui ; il le caressa, il lui fit de petits présents, il le régala même et il lui donna plusieurs fois à manger.

Le fils d'Ali Baba ne voulut pas avoir tant d'obligation à Cogia Houssain sans lui rendre la pareille. Mais il était logé étroitement et il n'avait pas la même commodité que lui pour le régaler comme il le souhaitait. Il parla de son dessein à Ali Baba, son père, en lui faisant remarquer qu'il ne serait pas séant qu'il demeurât plus longtemps sans reconnaître les honnêtetés de Cogia Houssain.

Ali Baba se chargea du régal avec plaisir. « Mon fils, dit-il, il est demain vendredi ; comme c'est un jour que les gros marchands, comme Cogia Houssain et comme vous, tiennent leurs boutiques fermées, faites avec lui une partie de promenade pour l'après-dînée, et, en revenant, faites en sorte que vous le fassiez passer chez moi et que vous le fassiez entrer. Il sera mieux que la chose se fasse de la sorte que si vous l'invitiez dans les formes. Je vais ordonner à Morgiane de faire le souper et de le tenir prêt. »

Le vendredi, le fils d'Ali Baba et Cogia Houssain se trouvèrent, l'après-dînée, au rendez-vous qu'ils s'étaient donné, et ils firent leur promenade. En revenant, comme le fils d'Ali Baba avait affecté de faire passer Cogia Houssain par la rue où demeurait son père, quand ils furent arrivés devant la porte de la maison, il l'arrêta, et, en frappant : « C'est, lui dit-il, la maison de mon père, lequel, sur le récit que je lui ai fait de l'amitié dont vous m'honorez, m'a chargé de lui procurer l'honneur de votre connaissance. Je vous prie d'ajouter ce plaisir à tous les autres dont je vous suis redevable. »

Quoique Cogia Houssain fût arrivé au but qu'il s'était proposé, qui était d'avoir entrée chez Ali Baba et de lui ôter la vie, sans hasarder la sienne, en ne faisant pas d'éclat, il ne laissa pas néanmoins de s'excuser et de faire semblant de prendre congé du fils ; mais, comme l'esclave d'Ali Baba venait d'ouvrir, le fils le prit obligeamment par la main et, en entrant le premier, il le tira et le força, en quelque manière, d'entrer comme malgré lui.

Ali Baba reçut Cogia Houssain avec un visage ouvert et avec le bon accueil qu'il pouvait souhaiter. Il le remercia des bontés qu'il avait pour son fils. « L'obligation qu'il vous en a et que je vous en ai moi-même, ajouta-t-il, est d'autant plus grande, que c'est un jeune homme qui n'a pas encore l'usage du monde, et que vous ne dédaignez pas de contribuer à le former. »

Cogia Houssain rendit compliment pour compliment à Ali Baba, en lui assurant que, si son fils n'avait pas encore acquis l'expérience de certains vieillards, il avait un bon sens qui lui tenait lieu de l'expérience d'une infinité d'autres.

Après un entretien de peu de durée sur d'autres

sujets indifférents, Cogia Houssain voulut prendre congé. Ali Baba l'arrêta. « Seigneur, dit-il, où voulez-vous aller ? Je vous prie de me faire l'honneur de souper avec moi. Le repas que je veux vous donner est beaucoup au-dessous de ce que vous méritez ; mais, tel qu'il est, j'espère que vous l'agréerez d'aussi bon cœur que j'ai intention de vous le donner.

— Seigneur Ali Baba, reprit Cogia Houssain, je suis très persuadé de votre bon cœur ; et, si je vous demande en grâce de ne pas trouver mauvais que je me retire sans accepter l'offre obligeante que vous me faites, je vous supplie de croire que je ne le fais ni par mépris ni par incivilité, mais parce que j'en ai une raison que vous approuveriez si elle vous était connue.

— Et quelle peut-être cette raison, seigneur ? reprit Ali Baba. Peut-on vous la demander ? — Je puis la dire, répliqua Cogia Houssain : c'est que je ne mange ni viande, ni ragoût où il y ait du sel ; jugez vous-même de la contenance que je ferais à votre table. — Si vous n'avez que cette raison, insista Ali Baba, elle ne doit pas me priver de l'honneur de vous posséder à souper, à moins que vous ne le vouliez autrement. Premièrement, il n'y a pas de sel dans le pain que l'on mange chez moi : et, quant à la viande et aux ragoûts, je vous promets qu'il n'y en aura pas dans ce qui sera servi devant vous ; je vais y donner ordre. Ainsi faites-moi grâce de demeurer, je reviens à vous dans un moment. »

Ali Baba alla à la cuisine et il ordonna à Morgiane de ne pas mettre de sel sur la viande qu'elle avait à servir et de préparer promptement deux ou trois ragoûts, entre ceux qu'il lui avait commandés, où il n'y eût pas de sel.

Morgiane, qui était prête à servir, ne put s'empêcher de témoigner son mécontentement sur ce nouvel ordre et de s'en expliquer à Ali Baba. « Qui est donc, dit-elle, cet homme si difficile, qui ne mange pas de sel ? Votre souper ne sera plus bon à manger, si je le sers plus tard.

— Ne te fâche pas, Morgiane, reprit Ali Baba : c'est un honnête homme. Fais ce que je te dis. »

Morgiane obéit, mais à contrecœur. Elle eut la curiosité de connaître cet homme qui ne mangeait pas de sel. Quand elle eut achevé et qu'Abdalla eut préparé la table, elle l'aida à porter les plats. En regardant Cogia Houssain, elle le reconnut d'abord pour le capitaine des voleurs, malgré son déguisement ; et, en l'examinant avec attention, elle aperçut qu'il avait un poignard caché sous son habit. « Je ne m'étonne plus, dit-elle en elle-même, que le scélérat ne veuille pas manger de sel avec mon maître ; c'est son plus fier ennemi, il veut l'assassiner ; mais je l'en empêcherai. »

Quand Morgiane eut achevé de servir ou de faire servir par Abdalla, elle prit le temps pendant que l'on soupait et fit les préparatifs nécessaires pour l'exécution d'un coup des plus hardis ; et elle venait d'achever, lorsque Abdalla vint l'avertir qu'il était temps de servir le fruit. Elle porta le fruit ; et, dès qu'Abdalla eut levé ce qui était sur la table, elle le servit, ensuite elle posa près d'Ali Baba une petite table sur laquelle elle mit le vin avec trois tasses ; et, en sortant, elle emmena Abdalla avec elle, comme pour aller souper ensemble et donner à Ali Baba, selon la coutume, la liberté de s'entretenir et de se réjouir agréablement avec son hôte et de le faire bien boire.

Alors, le faux Cogia Houssain, ou plutôt le capitaine des quarante voleurs, crut que l'occasion favorable pour ôter la vie à Ali Baba était venue. « Je vais, dit-il en lui-même, faire enivrer le père et le fils ; et le fils, à qui je veux bien donner la vie, ne m'empêchera pas d'enfoncer le poignard dans le cœur du père ; et je me sauverai par le jardin, comme je l'ai déjà fait, pendant que la cuisinière et l'esclave n'auront pas encore achevé de souper ou seront endormis dans la cuisine. »

Au lieu de souper, Morgiane, qui avait pénétré dans l'intention du faux Cogia Houssain, ne lui donna pas le temps de venir à l'exécution de sa méchanceté. Elle s'habilla d'un habit de danseuse fort propre, prit une coiffure convenable et se ceignit d'une ceinture d'argent doré, où elle attacha un poignard dont la gaîne et le manche étaient de même métal, et, avec cela, elle appliqua un fort beau masque sur son visage. Quand elle se fut déguisée de la sorte, elle dit à Abdalla : « Abdalla, prends ton tambour de basque et allons donner à l'hôte de notre maître et ami de son fils, le divertissement que nous lui donnons quelquefois. »

Abdalla prend le tambour de basque ; il commence à en jouer, en marchant devant Morgiane, et il entre dans la salle. Morgiane, en entrant après lui, fait une profonde révérence, d'un air délibéré et à se faire regarder, comme en demandant la permission de faire voir ce qu'elle sait faire.

Comme Abdalla vit qu'Ali Baba voulait parler, il cessa de toucher le tambour de basque.

« Entre, Morgiane, entre, dit Ali Baba : Cogia Houssain jugera de quoi tu es capable et il nous dira ce qu'il en pensera. Au moins, seigneur, dit-il à Cogia Houssain en se tournant de son côté, ne croyez pas que je me mette en dépense pour vous donner ce divertissement. Je le trouve chez moi, et vous voyez que c'est mon esclave et ma cuisinière et dépensière en même temps qui me le donnent. J'espère que vous ne le trouverez pas désagréable. »

Cogia Houssain ne s'attendait pas qu'Ali Baba dût ajouter ce divertissement au souper qu'il lui donnait. Cela lui fit craindre de ne pouvoir pas profiter de l'occasion qu'il croyait avoir trouvée. Au cas que cela arrivât, il se consola par l'espérance de la retrouver en continuant de ménager l'amitié du père et du fils. Ainsi, quoiqu'il eût mieux aimé qu'Ali Baba eût bien voulu ne le lui pas donner, il fit semblant néanmoins de lui en avoir obligation, et il eut la complaisance de lui témoigner que ce qui lui faisait plaisir ne pourrait pas manquer de lui en faire aussi.

Quand Abdalla vit qu'Ali Baba et Cogia Hous-

sain avaient cessé de parler, il recommença à toucher son tambour de basque et l'accompagna de sa voix sur un air à danser ; et Morgiane, qui ne le cédait à aucune danseuse de profession, dansa d'une manière à se faire admirer, même de toute autre compagnie que celle à laquelle elle donnait ce spectacle, dont il n'y avait peut-être que le faux Cogia Houssain qui y donnât peu d'attention.

Après avoir dansé plusieurs danses avec le même agrément et de la même force, elle tira enfin le poignard ; et, en le tenant à la main, elle en dansa une dans laquelle elle se surpassa par les figures différentes, par les mouvements légers, par les sauts surprenants et par les efforts merveilleux dont elle les accompagna, tantôt en présentant le poignard en avant, comme pour frapper, tantôt en faisant semblant de s'en frapper elle-même dans le sein.

Comme hors d'haleine enfin, elle arracha le tambour de basque des mains d'Abdalla, de la main gauche, et, en tenant le poignard de la droite, elle alla présenter le tambour de basque par le creux à Ali Baba, à l'imitation des danseurs et des danseuses de profession, qui en usent ainsi pour solliciter la libéralité de leurs spectateurs.

Ali Baba jeta une pièce d'or dans le tambour de basque de Morgiane, Morgiane s'adressa ensuite au fils d'Ali Baba, qui suivit l'exemple de son père. Cogia Houssain, qui vit qu'elle allait venir aussi à lui, avait déjà tiré la bourse de son sein, pour lui faire son présent, et il y mettait la main, dans le moment que Morgiane, avec un courage digne de la fermeté et de la résolution qu'elle avait montrées jusqu'alors, lui enfonça le poignard au milieu du cœur, si avant qu'elle ne le retira qu'après lui avoir ôté la vie.

Ali Baba et son fils, épouvantés de cette action, poussèrent un grand cri : « Ah ! malheureuse, s'écria Ali Baba, qu'as-tu fait ? est-ce pour nous perdre, moi et ma famille ?

— Ce n'est pas pour vous perdre, répondit Morgiane : je l'ai fait pour votre conservation. »

Alors, en ouvrant la robe de Cogia Houssain et en montrant à Ali Baba le poignard dont il était armé : « Voyez, dit-elle, à quel fier ennemi vous aviez affaire, et regardez-le bien au visage : vous y reconnaîtrez le faux marchand d'huile et le capitaine des quarante voleurs. Ne considérez-vous pas aussi qu'il n'a pas voulu manger de sel avec vous ? en voulez-vous davantage pour vous persuader de son dessein pernicieux ? Avant que je l'eusse vu, le soupçon m'en était venu, du moment que vous m'aviez fait connaître que vous aviez un tel convive. Je l'ai vu, et vous voyez que mon soupçon n'était pas mal fondé. »

Ali Baba, qui connut la nouvelle obligation qu'il avait à Morgiane de lui avoir conservé la vie une seconde fois, l'embrassa. « Morgiane, dit-il, je t'ai donné la liberté, et alors je t'ai promis que ma reconnaissance n'en demeurerait pas là et que bientôt j'y mettrais le comble. Ce temps est venu, et je te fais ma belle-fille. » Et, en s'adressant à son fils : « Mon fils, ajouta Ali Baba, je vous crois assez bon fils pour ne pas trouver étrange que je vous donne Morgiane pour femme sans vous consulter. Vous ne lui avez pas moins d'obligation que moi. Vous croyez que Cogia Houssain n'avait recherché votre amitié que dans le dessein de mieux réussir à m'arracher la vie par sa trahison ; et, s'il y eût réussi, vous ne devez pas douter qu'il ne vous eût sacrifié aussi à sa vengeance. Considérez de plus qu'en épousant Morgiane, vous épousez le soutien de ma famille, tant que je vivrai, et l'appui de la vôtre jusqu'à la fin de vos jours. »

Le fils, bien loin de témoigner aucun mécontentement, marqua qu'il consentait à ce mariage, non seulement parce qu'il ne voulait pas désobéir à son père, mais même parce qu'il y était porté par sa propre inclination.

On songea ensuite, dans la maison d'Ali Baba, à enterrer le corps du capitaine auprès de ceux des trente-sept voleurs ; et cela se fit si secrètement, qu'on n'en eut connaissance qu'après de longues années, lorsque personne ne se trouvait plus intéressé dans la publication de cette histoire mémorable.

Peu de jours après, Ali Baba célébra les noces de son fils et de Morgiane avec grande solennité et par un festin somptueux, accompagné de danses, de spectacles et des divertissements accoutumés ; et il eut la satisfaction de voir que ses amis et voisins, qu'il avait invités sans avoir connaissance des vrais motifs du mariage, mais qui d'ailleurs n'ignoraient pas les belles et bonnes qualités de Morgiane, le louèrent hautement de sa générosité et de son bon cœur.

Après le mariage, Ali Baba, qui s'était abstenu de retourner à la grotte depuis qu'il en avait tiré et rapporté le corps de son frère Cassim sur un de ses trois ânes, avec l'or dont il les avait chargés, par la crainte d'y trouver les voleurs ou d'y être surpris, s'en abstint encore après la mort des trente-huit voleurs, en y comprenant leur capitaine, parce qu'il supposa que les deux autres, dont le destin ne lui était pas connu, étaient encore vivants.

Mais, au bout d'un an, comme il eut vu qu'il ne s'était fait aucune entreprise pour l'inquiéter, la curiosité le prit d'y faire un voyage, en prenant les précautions nécessaires pour sa sûreté. Il monta à cheval ; et, quand il fut arrivé près de la grotte, il prit un bon augure de ce qu'il n'aperçut aucun vestige ni d'hommes ni de chevaux. Il mit pied à terre ; il attacha son cheval, et, en se présentant devant la porte, il prononça ces paroles : « Sésame, ouvre-toi », qu'il n'avait pas oubliées. La porte s'ouvrit ; il entra, et l'état où il trouva toutes choses dans la grotte lui fit juger que personne n'y était entré depuis environ le temps que le faux Cogia Houssain était venu louer boutique dans la ville, et ainsi que la troupe des quarante voleurs était entièrement dissipée et exterminée depuis ce temps-là. Il ne douta plus qu'il ne fût le seul au monde qui eût le secret de faire ouvrir la grotte et que le trésor qu'elle enfermait était à sa disposition. Il s'était muni d'une valise ; il la remplit d'autant d'or que son cheval en put porter, et il revint à la ville.

Depuis ce temps-là, Ali Baba, son fils, qu'il mena à la grotte et à qui il enseigna le secret pour y entrer, et, après eux, leur postérité, à laquelle ils firent passer le même secret, en profitant de leur fortune avec modération, vécurent dans une grande splendeur et honorés des premières dignités de la ville.

Coren, Alan
Arthur chercheur d'or

Arthur contre les Sioux
Arthur et le diamant ombilic
Arthur la terreur du rail
Arthur le cow-boy solitaire
Arthur le kid et les bandits
masqués
Buffalo Arthur

Coué, Jean
Kopoli le renne guide
L'homme de la rivière Kwaï

Dahl, Roald
Charlie et la chocolaterie
Charlie et le grand ascenseur
de verre
Les deux gredins
L'enfant qui parlait aux
animaux
Fantastique Maître Renard
James et la grosse pêche

Daudet, Alphonse
La dernière classe et autres
contes du lundi
Lettres de mon moulin
Tartarin de Tarascon

Déon, Michel
Thomas et l'infini

Dhôtel, André
L'enfant qui disait
n'importe quoi

Dickens Charles
La vie de N.-S. Jésus-
Christ
Le grillon du foyer

Dumas, Alexandre
Histoire d'un casse-noisette

Escoula, Yvonne
Six chevaux bleus

Fallet, René
Bulle, ou la voix de l'océan

Faulkner, William
L'arbre aux souhaits

Fon Eisen, Anthony
Le prince d'Omeyya

Forsyth, Frederik
Le berger

Frère, Maud
Vacances secrètes

Gamarra, Pierre
Six colonnes à la une

Carrel, Nadine
Au pays du grand condor

Gordon, Donald
Alerte à Mach 3

Grandville
Scène de la vie privée et
publique des animaux
1) Peines de cœur d'une
chatte anglaise
2) Un renard pris au piège

Grimm
Hans-mon-hérissson
et treize autres contes
Les trois plumes
et douze autres contes

Gripari, Pierre
La sorcière de la rue
Mouffetard *et autres contes*
de la rue Broca, t. I
Le gentil petit diable
et autres contes de la rue
Broca, t. II

**Folio Junior, c'est aussi cinq nouvelles séries :
Poésie, Énigmes, Légendes, Science-Fiction et Bilingue.**

*Achevé d'imprimer
le 25 Juin 1989
sur les presses de
l'Imprimerie Hérissey
à Évreux (Eure)*

*N⁰ d'imprimeur : 48628
Dépôt légal : Juin 1989
1ᵉʳ dépôt légal dans la même collection : Juin 1978
ISBN 2-07-033059-1*

Imprimé en France